Martina Sahler · Hortense Ullrich ·
Irene Zimmermann

Kerzen, Kuss & Kandiszucker

Thienemann

Hortense Ullrich

Das Weihnachtsfoto

»Ein Schnecken-Adventskalender!«, rief meine kleine Schwester Flippi, die Schneckenzüchterin, und nickte heftig. »Das ist ideal, aus dem kann Mami jeden Tag eine andere Schnecke herauspflücken, etwa eine Gute-Laune-Schnecke, eine Tee-Gesellschafter-Schnecke, eine Vorlese-Schnecke, eine Geschirrspül-Schnecke, eine Aufräum-Schnecke …«

An der Stelle stoppte ich sie. Ich verzichtete darauf, Flippi den

Ekelfaktor von Schnecken darzulegen, ganz abgesehen von der Funktionsfähigkeit von Schnecken im Allgemeinen, sondern beschränkte mich darauf, ihr zu erklären, dass ein Adventskalender als Weihnachtsgeschenk nicht gerade sehr schlau ist. Ich ließ mich auch nicht von ihrem Argument überzeugen, den könne unsere Mutter ja dann im nächsten Jahr benutzen.

Oskar, der Freund unserer Mutter, hatte die Idee aufgebracht, dass wir uns dieses Jahr mal ein wirklich besonderes, persönliches Weihnachtsgeschenk für sie überlegen sollten. Da Flippi auf einem

Schnecken-Adventskalender bestand, gab es natürlich Streit.

»Kinder! Bitte!«, jaulte Oskar. »Hört auf zu streiten, ich hab mir bereits Gedanken darüber gemacht und ich bin der Meinung, ihr solltet ein Foto von euch machen lassen und einen netten Rahmen dazu besorgen. Das wäre das perfekte Geschenk.«

»Wieso denn? Mami weiß doch, wie wir aussehen!«, widersprach Flippi sofort.

Oskar seufzte, ihm war klar, dass es nicht einfach werden würde.

»Glaubt mir, sie würde sich freuen«, sagte er. »Es gibt kein einziges Bild, auf dem ihr beide gemeinsam drauf seid. Sie hat es gerade erst vor Kurzem erwähnt.«

»Es gibt sehr wohl Bilder, auf denen wir beide drauf sind«, sagte Flippi. Sie ließ einfach nicht locker.

»Na ja, genau genommen hat Oskar recht«, pflichtete ich ihm bei, eigentlich mehr, um Flippi zu widersprechen. »Wenn wir mal gemeinsam auf einem Foto sind, dann meist nur in Kampfstellung, beim Haareraufen oder mit wutverzerrten Gesichtern.«

Oskar lächelte mich dankbar an. »Und deshalb wäre ein friedliches Schwestern-Bild doch ein ganz wundervolles Weihnachtsgeschenk für eure Mutter.«

Flippi verdrehte die Augen, stellte sich in Positur und meinte: »Okay, hol die Kamera, Oskar, ich werd Jojo in den nächsten fünf Minuten nicht vermöbeln!«

»Sag mal, spinnst du? Du wirst mich überhaupt nicht vermöbeln, eher fängst du dir eine von mir ein!«, rief ich wütend.

Oskar jaulte erneut. »Bitte hört auf. Ich mach ganz bestimmt kein Bild von euch. Das geht nicht gut. Ich dachte, ihr geht zum Fotografen und lasst dort ein Bild machen, so richtig professionell. Und ich denke, vor fremden Leuten reißt ihr euch bestimmt zusammen.«

Flippi und ich guckten uns feindselig an.

»Also?«, fragte Oskar. »Was ist? Tut ihr mir den Gefallen? Eurer Mutter zuliebe!«

Ich nickte. »Okay.«

Auch Flippi machte ein tapferes Gesicht. »Das kriegen wir hin.«

»Na hoffentlich«, murmelte ich, doch als mich ein leidender Blick von Oskar traf, sagte ich schnell: »Ganz bestimmt.«

Oskar atmete auf und gab mir einen Zettel. »Gut. Ich hab nämlich bereits einen Termin für euch beim Fotografen gemacht. Hier ist die Adresse.«

Der Fotograf war sehr freundlich, er nuschelte sogar was von *hübsche Mädchen*, was unsere ganze Aktion fast zum vorzeitigen Ende gebracht hätte, denn Flippi hat für Komplimente keinen Sinn. Und für solche, in denen *hübsch*, *niedlich*, *süß* oder *lieb* vorkommt, schon gar nicht. Aber es gelang mir, Flippi zurückzuhalten und zu verhindern, dass sie dem Fotografen gehörig die Meinung sagte. Dabei warf ich aus Versehen den großen Scheinwerfer um, aber es ging nichts kaputt, denn die

Assistentin fing den Scheinwerfer geschickt auf.

Nachdem wir endlich unsere Positionen eingenommen hatten, mit dem Rücken zueinander, aber das Gesicht der Kamera zugewandt – der Fotograf hatte nach zehn Minuten aufgegeben, uns dazu bringen zu wollen, dass wir uns umarmten oder Wange an Wange in die Kamera strahlten –, hätte es eigentlich losgehen können.

»Stopp!«, rief Flippi dann plötzlich, kramte in ihrer Jackentasche, holte eine Handvoll Schnecken raus und platzierte sie dekorativ auf ihren Schultern und ihrem linken Arm.

»Sag mal, du Sumpfeule«, rief ich, »das kommt überhaupt nicht infrage, dass diese Ekelviecher mit auf unser Bild kommen!«

Flippi war empört und brüllte zurück: »Natürlich kommen sie mit aufs Bild, sie sind schließlich mein Markenzeichen!«

Ich trat empört von Flippi weg, sie drehte sich zu mir um und stemmte die Arme in die Seite. Dabei fiel eine ihrer Schnecken herunter, worauf sie mich anbrüllte: »Jetzt schau dir an, was du gemacht hast! Wehe, Arthur hat sich einen Fühler gebrochen!«

Ich sah zum Fotografen und

rief: »Nun sagen Sie doch auch mal was!«

Das tat er. Er sagte: »Raus!« und wies zur Unterstützung mit dem Finger auf die Tür.

Das war das Ende unserer Fotografen-Aktion.

Als wir beide draußen standen, tat es uns dann leid, dass unsere Mutter nun kein Bild von ihren beiden Töchtern bekommen sollte. Aber bei dem Fotografen hatten wir verspielt. Wo sollten wir also jetzt ein Bild machen lassen?

Über diese Überlegungen vergaßen wir sogar kurzfristig unseren Streit und Flippi hatte ein

Idee: »Wir gehen ins Einkaufscenter, dort sitzt immer dieser alberne Weihnachtsmann rum und mit dem kann man sich doch fotografieren lassen. Da können wir das Bild auch gleich mitnehmen.«

Ich musste zugeben, es war eine gute Idee. Oder sagen wir lieber: Es schien eine gute Idee zu sein.

Wir gingen also zum Einkaufszentrum. Dort reihten wir uns brav in die Schlange der wartenden Kinder ein. Als wir an die Reihe kamen, setzte sich jede von uns auf ein Bein des Weihnachtsmannes.

Er wehrte ab und meinte, das sei erstens für kleinere Kinder gedacht und zweitens definitiv immer nur für ein Kind auf einmal.

Flippi klärte ihn auf: »Also, erstens kann ich Ihnen versichern, dass es uns genauso wenig Spaß macht wie Ihnen, und zweitens brauchen wir ein Foto, auf dem wir beide drauf sind.« Sie bot dem Weihnachtsmann dann allerdings noch an: »Wenn Sie ein Problem damit haben, dann stehen Sie doch mal einen Moment auf und gehen zur Seite, wir lassen das Foto machen und gut ist. Denn, ehrlich gesagt, stören Sie eher auf dem Foto. Es soll nämlich ein Familienfoto sein.«

Der Weihnachtsmann war nicht sehr kooperativ, Flippi dagegen schon. Sie gestattete ihm dann doch, mit auf dem Bild zu sein.

Wir nahmen also tatsächlich auf seinen Knien Platz, Flippi griff wieder in ihre Jackentasche und die Schnecken-Arie startete erneut. Ich zischte Flippi zu, sie solle ihre dämlichen Schnecken verschwinden lassen. Das machte den Weihnachtsmann erst auf die Tiere aufmerksam und er flippte aus.

Dann ging alles sehr schnell.

Es gab Tumult und der Weihnachtsmann brüllte uns an: »Raus! Aber sofort!«

Flippi war noch geistesgegenwärtig genug, dem Fotografen das Polaroid aus der Hand zu zupfen, bevor wir aus dem Einkaufscenter flüchteten.

Ich war nicht ganz sicher, ob das das Foto war, das sich unsere Mutter von uns gewünscht hatte: Man sah das entsetzte Gesicht eines Weihnachtsmannes, der sich in Panik den Bart vom Gesicht reißt, weil auf dem Bart die Schnecke Arthur sitzt, man sah Flippi, wie sie wütend den Mund aufreißt und den Weihnachtsmann offensichtlich anbrüllt, und man sah mich, wie ich auf Flippi einschreie.

Flippi und ich betrachteten das Bild.

»Was machen wir damit?«, fragte ich sie.

»Na, jetzt besorgen wir noch einen schönen Rahmen! Arthur ist sehr gut getroffen.«

Irene Zimmermann

Geschenke-Recycling

Weihnachten sah ich ganz entspannt entgegen. Bei mir würde es dieses Jahr kein hektisches Geschenkekaufen in letzter Minute mehr geben, keine Verlegenheitsbasteleien kurz vor der Bescherung oder so. Tanja hatte im Juli die Superidee gehabt, als in der Fußgängerzone gleichzeitig drei Geschäfte dichtmachten.

»Ich deck mich sofort mit Weihnachtsgeschenken ein«, hatte sie mir erzählt, als wir nach der

Schule mit der Straßenbahn nach Hause fuhren. »So billig krieg ich die Sachen nie mehr. Machst du mit, Henri?«

Tom, der neben mir stand und mir mit dem Matheheft ganz lieb Luft zufächelte, grinste breit. Typisch Tanja, sagte sein Gesichtsausdruck, es ist Juli und wir haben mindestens 35 Grad und sie denkt an Weihnachtsgeschenke.

»Ich weiß nicht«, murmelte ich.

Am nächsten Tag allerdings änderte sich meine Meinung ganz schnell. Meine Schwester Anette kam plötzlich auf die Idee, dass ich mich eigentlich an der Telefonrechnung beteiligen müsste.

Ich würde ja den lieben langen Tag nichts anderes machen, als mit Tom zu telefonieren, behauptete sie jedenfalls.

»Und was ist mit deinen Telefonaten mit Robert?«, entgegnete ich, aber meine Eltern fanden es plötzlich mehr als gerecht, wenn ich einen Teil der Telefonrechnung von meinem Taschengeld bezahlte. Das gab den Ausschlag. Mir wurde klar, dass Sparen angesagt war. Und bei den Weihnachtsgeschenken würde ich anfangen!

Entweder überhaupt keine Geschenke oder superbilligst einkaufen, überlegte ich mir daher. Weil ich Tom aber auf alle Fälle was schenken wollte und keine Lust mehr hatte, wie so oft in den letzten Jahren mir für die anderen Gutscheine zu überlegen (»Dreimal Garageaufräumen« für Paps und so ähnlich), schleppte ich mich mit Tanja am heißesten Julitag aller Zeiten durch die Fußgängerzone, kaufte unheimlich günstige Weihnachtsgeschenke für alle, dazu Geschenkpapier mit Tannenzweigen und roten Kerzen.

Bei gefühlten 40 Grad im Schatten saßen wir dann bei Tanja in der Küche, verpackten die Geschenke und aßen Zimteis, weil das, wie Tanja meinte, irgendwie zu Weihnachten passte.

»Du kannst die Sachen alle hierlassen«, meinte Tanja, als wir, erschöpft von diesem Weihnachtsstress, schließlich zu Zitroneneis übergingen. »Es wäre nämlich äußerst blöd, wenn irgendjemand die Geschenke vorzeitig findet. Dann gibt es überhaupt keine Überraschung mehr.«

»Ich hab den Eindruck, dass Anette immer mal wieder in meinem Zimmer rumsucht«, sagte ich, als wir unsere Weihnachtsgeschenke in Tanjas Schrank versteckten. »Sei froh, dass dein Bruder nicht so neugierig ist.«

Tanja lachte. »Simon interessiert sich nur für Autos und seit

Kurzem für Flohmärkte. Und natürlich für seine neue Freundin. Die kennt übrigens Pit Wilhelmi. Den Schauspieler, von dem ich dir erzählt habe«, fügte sie hinzu, weil ich so verständnislos guckte. »Der ist einfach grandios. Meine Mutter hat gesagt, wenn ich die nächsten Monate in der Schule gute Noten schreibe, dann krieg ich zu Weihnachten ein T-Shirt mit Widmung von ihm oder so.«

Klar, dass Tanja sich anstrengte, vor allem, weil an Weihnachten eine große Gala mit Pit Wilhelmi stattfinden würde und sie natürlich auf eine Eintrittskarte hoffte.

Ab dem dritten Advent ging bei uns zu Hause die große Geheimniskrämerei los.

Als ich in Anettes Zimmer nach meinem Geodreieck suchte, flippte meine Schwester fast aus. »Ich hab alle Weihnachtsgeschenke hier rumliegen und du marschierst einfach so rein. Hast du schon mal was von Anklopfen gehört?«

Ich warf einen raschen Blick auf das blaue T-Shirt, das sie gerade einzupacken versuchte. Hoffentlich nicht für mich, dachte ich, aber vielleicht hatte ich ja Glück und das T-Shirt war für meine Schwester Babette gedacht.

»Ich hab da noch einen Tipp für dich«, rief Anette mir nach, als ich, mit dem Geodreieck in der Hand, ihr Zimmer verließ. »Falls du ein Weihnachtsgeschenk für mich suchst: Ich hab da einen wahnsinnigen Schal entdeckt, in ganz tollen Rottönen, der würde prima zu meiner neuen Haarfarbe passen. Und Babette würde der übrigens auch gut stehen, aber dann bitte nicht in Rot.«

Ich wandte mich um. »Weihnachtsgeschenke kann man sich nicht aussuchen. Leider«, fügte ich mit einem raschen Blick auf das T-Shirt hinzu, das inzwischen fertig verpackt auf Anettes Schreibtisch lag.

Am nächsten Tag fragte mich Paps, ob er mir einen Taschengeldvorschuss für Geschenke geben sollte. »Mama wünscht sich nämlich eine Karte fürs Thermalbad. Nur so als Idee, falls dir nichts einfällt.«

Ich lächelte freundlich. War ich froh, dass ich schon alle Geschenke hatte.

An Heiligabend kam meine älteste Schwester Babette mit Anthony, ihrem Mann, aus Freiburg. Gegen Mittag traf dann auch Anettes Freund Robert ein – es würde also eine richtig große Familienfeier werden. Und am allermeisten freute ich mich, dass mein Tom zur Bescherung eingeladen war.

Gegen halb zwei klingelte ich bei Tanja, um meine Geschenke abzuholen. Frau Ostertag öffnete – in Küchenschürze und mit Teigresten an den Fingern.

»Simon, stell endlich die Weihnachts-CD leiser«, rief sie durch den Flur. »Entschuldige, Henri, aber hier ist mal wieder die Hölle los. Der Hund hat sich über die Plätzchen hergemacht und jetzt muss ich noch mal eine ganze Ladung backen.«

»Welcher Hund?«, fragte ich erstaunt.

»Simon hat mir zu Weihnachten einen Hund geschenkt«, jubelte Tanja. »Aus dem Tierheim. Ist er nicht süß?«

Sie stand mit einem Dackel im Arm in der Diele und strahlte mich an. »Eigentlich sollte das ja eine Überraschung sein, aber weil Purzel die Plätzchen genialerweise aufgefressen hat …«

Frau Ostertag verdrehte die Augen. »Und weil der Hund dauernd bellt und nicht stubenrein ist … Simon wollte ihn eigentlich in seinem Zimmer lassen, aber irgendwie ist er ausgebüxt und hat so einiges angestellt.« Sie kraulte den Dackel am Kopf und lachte. »Wollen wir mal hoffen, dass die anderen Geschenke nicht auch so stressig sind. Müsst ihr noch irgendwas verpacken? Tesa ist leider alle, habe ich gerade festgestellt.«

Meine Freundin zwinkerte mir zu. »Wir haben das schon längst organisiert«, meinte sie lässig und zog mich in ihr Zimmer. »Sieh dir Purzel an. Wie er guckt! Diese Knopfaugen! Ich hab mich sofort in ihn verliebt.«

»Ich dachte, du bist immer noch in Pit Wilhelmi verliebt!«

Tanja seufzte. »Gegen Purzel

kommt kein Mann an, das kannst du mir glauben.«

»Stimmt!« Ich grinste. »Ich kann mir kaum vorstellen, dass ein Mann so auf einem Kissen rumkaut.«

Mit einem unterdrückten Schrei stürzte Tanja sich auf Purzel, der ein Kissen von ihrem Bett geholt hatte und fröhlich darauf herumbiss.

»Mit der Erziehung hapert es noch ein bisschen«, gestand sie. »Weißt du, eigentlich müsste ich jetzt mit ihm schimpfen, aber er ist bestimmt nur so ungezogen, weil er aus dem Tierheim kommt. Wer weiß, was er schon alles mitgemacht hat, der Arme. Stell dir vor, irgendjemand hat ihn einfach ausgesetzt, und das bei der Kälte.«

Sie nahm Purzel hoch und vergrub ihr Gesicht in seinem Fell.

»Tanja«, sagte ich nach einer Weile. »Deshalb brauchst du doch nicht zu heulen. Jetzt ist er schließlich bei dir und da hat er es unheimlich gut. Du, bevor ich es vergesse, vor lauter Hund und so: Ich brauch meine Geschenke. Sonst gibt es bei meiner Familie lange Gesichter.«

»Ich hol sie, wenn du Purzel mal kurz nimmst.« Sie lächelte mich an und setzte ihn auf meinen Schoß. »Du musst bloß aufpassen, weil er nicht so richtig stubenrein ist.«

Purzel knabberte an meinem Pullover herum, bellte kurz, als Tanja »nein, nein« rief, und sprang dann wieder aufs Bett, um sich dem nächsten Kissen zu widmen.

»Erziehung ist später. Jetzt müssen wir erst mal schauen, wem welches Geschenk gehört«, meinte Tanja mit einem kurzen Blick auf Purzel. Sie hielt einen länglichen Karton in die Höhe. »Könnte da drin der Schal sein, den du für deine Mutter gekauft hast?«

»Für Anette und Babette sind die Schals dort, meine Mutter kriegt das Buch, Paps den Kalender und Tom den Bildband.«

»Dann sind die zwei kleinen Päckchen für Anthony und Robert.«

»Ich hab gar keine Ahnung mehr, was drin ist«, sagte ich nach kurzem Nachdenken. Dann kicherte ich. »Ist 'ne echte Überraschung, nicht nur für die beiden. Meinst du, Tom freut sich über den Bildband?«

»Tom freut sich über alles, wenn es nur von dir ist«, gab Tanja zurück. »Das ist eben wahre Liebe.« Sie seufzte leicht. »Weißt du, vielleicht lerne ich ja einen Jungen kennen, wenn ich mit Purzel Gassi gehe. Es muss auf jeden Fall jemand sein, der Hunde mag. Meinst du, ich sollte mal in der Nähe des Theaters spazieren gehen? Vielleicht treffe ich ja Pit Wilhelmi und dann würde …«

»Die Plätzchen sind jetzt fertig«, rief Frau Ostertag aus der Küche. »Henriette, wenn du noch ein paar Minütchen Zeit hast, dann setz dich zu uns. Wir wollen Weihnachtstee trinken und schon mal die Plätzchen testen. Die lachen uns richtig an, finde ich.«

»Komm, gehen wir zu deiner Mutter«, sagte ich zu Tanja. Ich

hatte wirklich wenig Lust, über Pit Wilhelmi zu spekulieren, und außerdem zog inzwischen der Duft von frisch gebackenen Plätzchen durch die ganze Wohnung.

Tanjas Bruder saß bereits am Küchentisch und schenkte Tee ein.

»Na, was sagst du zu meinem Geschenk?«, wollte er wissen, als er uns den Teller mit Plätzchen rüberschob. »Das ist doch mal was anderes als die seelenlosen Geschenke sonst. Die meisten Leute gehen einfach in ein Geschäft, kaufen was und das war's dann.«

Er schüttelte den Kopf, aber Frau Ostertag lachte nur und meinte, letztes Jahr habe er es genauso gemacht. Sie deutete auf die Vase mit Tannenzweigen. »Die Vase ist doch von dir, stimmt's?«

»Letztes Jahr«, murmelte Simon und griff nach den Zimtsternen. »Aber dieses Jahr ist mir klar geworden, dass man nicht einfach was schenken soll, damit geschenkt ist. Sondern weil man dem anderen eine Freude machen will.«

»Dann lass uns vielleicht auch noch ein paar Zimtsterne übrig. Damit kannst du uns eine zusätzliche Freude machen.« Tanja wandte sich an mich. »Aber er hat ausnahmsweise mal recht. Purzel als Weihnachtsgeschenk, das ist einfach genial.« Sie beugte sich über den Tisch und gab Simon einen Kuss auf die Wange.

Er lachte und meinte, dass er genial sei, würde er von seiner Schwester zum ersten Mal hören. »Purzel macht es möglich. Ich glaub es nicht.«

»Apropos Purzel!« Frau Ostertag war aufgestanden und horchte. »Was macht eigentlich der Hund? Er ist so merkwürdig ruhig.«

»Bestimmt schläft er. Unser Hund legt sich immer unters Sofa und schläft. Und manchmal schnarcht er auch ganz laut«, erklärte ich. »Was meinst du, Tanja, ob unsere Hunde sich vertragen? Dann können wir immer zusammen spazieren gehen.«

»Jetzt muss ich aber los«, sagte ich schließlich. »Tom kommt in einer Stunde und wir müssen meinen Eltern bei den Vorbereitungen fürs Essen helfen.«

»Fröhliche Weihnachten, Henriette«, rief Frau Ostertag mir nach, als ich mit Tanja die Küche verließ. »Hier hab ich noch eine Tüte mit Plätzchen für euch. Und sag deinen Eltern schöne Weihnachten.«

»Pst!« Tanja legte den Zeigefinger auf die Lippen. »Purzel schläft tatsächlich. Ich hab seinen Korb hier in die Dielenecke gestellt, damit er es schön gemütlich hat.«

Ich streichelte Purzel am Kopf, aber er schaute nur kurz auf und schloss dann wieder die Augen. »Heute brauchst du jedenfalls nicht mehr mit ihm rauszugehen. Er hat sich schon ausgetobt.«

»Ja«, sagte Tanja. Ihre Stimme klang irgendwie merkwürdig. »Du hast recht. Er hat sich wirklich ausgetobt.«

Ich drehte mich um. Meine Freundin stand an ihrer halb geöffneten Zimmertür und starrte entgeistert auf den Boden. »Henri, ich befürchte, es ist was ganz Entsetzliches passiert ...«

Auf ihrem Zimmerboden ein Durcheinander von zerfetztem Geschenkpapier, zerfledderten Schals (für Anette und Babette), einem ehemals edlen Bildband über Kalifornien (für Tom), den Resten eines Kalenders (»Die schönsten Oldtimer«, für Paps) und einem angeknabberten Buch für Mama (»Fit und schön durch den Tag«) – und mittendrin Tanja und ich, fassungslos.

»Du kannst von mir die Geschenke kriegen, die ich für Simon und meine Mutter besorgt habe, ein Modellauto und ein Kochbuch«, heulte Tanja los. »Bitte, Henri, es tut mir so wahnsinnig leid.«

Ich starrte auf das, was Purzel von meinen Weihnachtsgeschenken übrig gelassen hatte. Einen Moment lang war mir echt zum Heulen zumute – in zwei Stunden würde bei uns zu Hause Bescherung sein und ich würde mit leeren Händen dastehen.

Jemand stupste mich an. Purzel, mit typischem Dackelblick, sah zu mir auf.

Ich schluckte. »Ach, was sind schon so komische Geschenke«, sagte ich, als ich den Hund auf den Arm nahm. »Weißt du, Simon hat schon recht. Purzel ist ein lebendiges Wesen und das waren doch nur seelenlose Dinge.«

Tanja schniefte so heftig, dass Purzel sie erschrocken ansah. »Aber es tut mir so leid«, schluchzte sie. »Purzel kann nichts dafür, er ist ja ein kleiner Hund und weiß es noch nicht besser. Aber ich hätte aufpassen müssen …«

Ich legte den Hund in ihre Arme. »Tanja, du bist meine Freundin, vergiss das nicht. Alles andere ist doch nicht so wichtig.«

Tanja fiel mir um den Hals. »Und du bist die beste Freundin der Welt. Das werd ich dir nie vergessen.«

»Ich versteh gar nicht, was Henri mit dem vielen Taschengeld macht«, sagte Anette, als wir nach der Bescherung im Wohnzimmer zusammensaßen. »Sag mal, Robert, hat sie vielleicht bei dir in der Bank ein Konto eröffnet? Mit ein paar Millionen? ... Für Weihnachtsgeschenke hat sie ihr Geld jedenfalls nicht ausgegeben.«

Tom legte den Arm um mich. »Irgendwas zusammenkaufen kann doch jeder. Ich finde Henris Idee mit den Gutscheinen einfach genial.«

Mama und Paps nickten und Paps ergänzte, in der heutigen Zeit seien Dinge, die von Herzen kommen, doch das wirklich Wertvolle.

»Dreimal Garageaufräumen finde ich jedenfalls eine gute Idee. Bei der Menge Gerümpel, die sich angesammelt hat.« Er sah mich nachdenklich an. »Ich weiß nicht mehr genau, aber kann es sein, dass ich letztes Jahr einen ähnlichen Gutschein bekomme habe? Und den nicht eingelöst habe?«

Ich lachte nur, aber ich sagte lieber nichts. Meine Familie musste ja nicht erfahren, dass ich die Gutscheine vom letzten Jahr, die alle irgendwann in der Schublade im Küchenschrank gelandet waren, recycelt hatte. Ich hatte sie sorgfältig gebügelt und mit einem roten Band versehen. Eigentlich waren sie so gut wie neu, dachte ich, es hatte sie ja noch niemand eingelöst.

Anette lachte ebenfalls. »Ich wette mit euch, sie überredet Tom, ihr beim Garageaufräumen zu helfen. Stimmt's?«

Tom und ich sahen einander an.

»Und wann kann ich meinen Gutschein bei dir einlösen?«, flüsterte er. »Gleich?«

»Nicht unbedingt, solange meine ganze Familie dabei ist. Und wir brauchen auch etwas mehr Zeit«, gab ich zurück. »Immerhin sind es 1002 Küsse.«

Hortense Ullrich

Lebkuchen mit Zuckerkuss

Lucilla ist sauer auf mich. Obersauer. Dabei war alles ihre Idee.

Nie wieder helfe ich Lucilla, einen Jungen zu erobern.

Vor der Deutschstunde kam sie aufgeregt zu mir. »Jojo, du musst mir helfen, ich bin total in Freddy verliebt!«

»Lucilla, du bist jede Woche in einen anderen Jungen verliebt!«

»Ja schon, aber diesmal ist es ernst!«

»Sag es ihm!«

»Nein, ich hab mir überlegt, dass du es ihm sagst. Das ist besser.«

»Oh Mann, Lucilla, ehrlich! Das mach ich nicht.«

»Also, du machst es? Danke, danke, danke.«

Was an meinem Satz hatte sie nicht verstanden? Ich hatte doch ganz eindeutig gesagt, dass ich es nicht machen würde!

»Du bist wirklich die beste aller besten Freundinnen, die ich habe!«

Genau genommen war ich die einzige Freundin, die sie hatte, aber ich wollte nicht kleinlich sein.

»Okay, wo ist er?«

»Was? Du willst doch nicht etwa zu ihm hingehen und es ihm einfach so sagen?«

»Na hör mal, darum hast du mich doch gerade gebeten!«

»Ja schon, aber da sieht man mal wieder deinen mangelnden Sinn für Romantik!«

Ich wollte protestieren, aber ich wusste, das würde die ganze Sache nur verzögern, und am Ende würde ich ja doch tun, was Lucilla von mir wollte. Also erkundigte ich mich: »Und wie hast du dir das vorgestellt, also romantikmäßig?«

Lucilla strahlte. »Du schreibst ihm ein Gedicht!«

»Ein Gedicht?!«

»Ja.«

»Und wieso machst du das nicht?«

»Ich kann keine Gedichte schreiben.«

»Ich auch nicht.«

»Hast du es schon mal versucht?«

»Nein.«

»Na bitte, dann versuch es doch erst mal.«

»Oh, Lucilla!«

»Bitte Jojo.«

Na gut.

»Ich brauch aber was, das sich auf Lucilla reimt.«

»Auf Lucilla? Du willst meinen Namen verwenden?«

»Natürlich. Wie soll er denn sonst wissen, dass du es bist, die in ihn verliebt ist?«

»Aber Jojo! Dein Sinn für Ro…«

»Stopp!«, rief ich. »Fang nicht wieder mit Romantik an. Du willst also Freddy per Gedicht mitteilen, dass du in ihn verliebt bist, willst aber deinen Namen nicht sagen?«

»Genau! Ein anonymes Liebesgedicht. Ist das nicht romantisch?«

Ich stöhnte. »Und wie soll er dann überhaupt wissen, dass es um dich geht?«

»Na, du machst einen Treffpunkt aus, schreibst ihm, wo ich bin, und dann erwarte ich ihn dort.«

»Ach du grüne Neune. Und das alles in Reimen?«

»Natürlich, sonst ist es ja kein Gedicht!«

Gut, ich hätte es besser wissen sollen, aber Lucilla kann man keine Bitte abschlagen, weil sie Absagen einfach nicht wahrnimmt. Also habe ich die folgende Deutschstunde damit verbracht, ein Gedicht zu schreiben, in dem Lucilla Freddy ihre Liebe erklärt und ihn um ein Rendezvous bittet.

Ich gab es ihr nach der Stunde, Lucilla las es laut vor:

»Äpfel, Nüsse, Mandelkern,
ach, ich hab dich furchtbar gern.
Lebkuchen mit Zuckerguss,
bitte gib mir einen Kuss.
Ein kleines Haus aus Pfefferkuchen,
nach mir musst du nicht lange suchen.
Komm und erfülle meinen Traum,
nach Mathe unterm Weihnachts-
baum.«

Ich war sehr zufrieden mit mir, Lucilla war nicht hellauf begeistert, aber meinte: »Na ja, es müsste gehen. Du meinst den Weihnachtsbaum unten in der Eingangshalle?«

»Ja, es ist der einzige hier. Der ist schwer zu übersehen.«

»Gut, dann gib ihm jetzt das Gedicht.«

»Ich?«

»Na, ich will doch anonym bleiben!«

»Ja, aber dann denkt er womöglich, es ist von mir!«

»Ach so. Ja. Dann schmuggel es heimlich in sein Mathebuch. In der nächsten Stunde haben wir Mathe, dann wird er es finden und nach Mathe ist Schulschluss und dann stell ich mich neben den Weihnachtsbaum und erwarte ihn.«

Auf Freddys Tisch lag sein Mathebuch, Freddy war nicht da. Perfekt. Trotzdem konnte ich da nicht einfach so hingehen und das Mathebuch nehmen. Nicht ohne Grund. Ich schlenderte zu Freddys Tisch und sagte zu niemandem im Besonderen, also so vor mich hin: »Ich hab mein Mathebuch vergessen, aber ich muss dringend was nachschlagen.«

Sehr clever vorbereitet. Aber bevor ich nach Freddys Buch greifen konnte, fragte Jasper: »Worum geht's denn, Jojo? Vielleicht kann ich dir helfen.«

»Weiß nicht, ich brauch ein Buch, muss selber gucken«, sagte ich zu Jasper. Ich wollte nach Freddys Buch greifen, da hielt mir

Jasper sein Mathebuch hin. »Nein danke«, wehrte ich ab.

Ich sah mich nach Lucilla um, sie könnte mir doch wirklich aus der Patsche helfen. Aber Lucilla schaute nur mit großen ängstlichen Augen zu mir rüber und machte verzweifelte Gesten. Toll, das half nicht viel. Dann erkannte ich, was ihre Gesten bedeuten sollten: Freddy kam nämlich wieder in die Klasse. Die Zeit lief.

Ich ging aufs Ganze, schob mit der einen Hand Jasper mit seinem Mathebuch weg, das er mir nach wie vor hinhielt, und warf hinter meinem Rücken mit der anderen Hand Freddys Buch vom Tisch.

»Hoppla«, sagte ich, bückte mich schnell, schob das Gedicht ins Buch, legte das Buch wieder auf den Tisch und huschte auf meinen Platz zurück.

Lucilla drückte mich. »Du warst großartig«, flüsterte sie mir zu.

Da war ich ganz ihrer Meinung.

Dann warteten Lucilla und ich gespannt ab.

Freddy öffnete sein Buch erst, als die Stunde schon angefangen hatte. Er fand den Zettel, las das Gedicht und blickte sich in der Klasse um. Dann schaute er wieder auf das Gedicht. Und schaute sich noch mal um. Diesmal aber schon etwas verstohlener.

»Es hat funktioniert, Jojo«, flüsterte Lucilla selig.

»Scheint so«, nickte ich.

»Ich kann kaum das Ende der Stunde erwarten«, gluckste Lucilla.

Nach der Stunde sagte ich zu Lucilla: »Na dann, viel Erfolg!« und wollte mich auf den Heimweg machen.

»Wo willst du hin, Jojo?«, rief sie empört.

»Nach Hause.«

»Kommt gar nicht infrage, du kommst mit«, befahl sie.

Okay, ich war Kummer gewohnt. Also bezogen Lucilla und ich neben dem großen Weihnachtsbaum in der Halle Posten und warteten ab.

Lucilla war völlig aus dem Häuschen. »Meinst du, er kommt?«

»Ja«, brummte ich nur, denn inzwischen hatte ich Hunger. Ich wollte heim.

»Meinst du wirklich, er kommt?«, fragte sie nun schon wieder.

»Aber ja. Schon aus Neugierde wird er kommen.«

»Wie meinst du denn das?«

Oje, das war ungeschickt formuliert. Ich musste Lucilla beruhigen.

»Ich meine, er wird auf alle Fälle kommen, weil er bestimmt

hofft, dass das Gedicht von dir ist, weil er auch heimlich in dich verliebt ist.«

Lucilla strahlte und nickte. »Ich denke auch.« Dann kicherte sie. »Er schaut mich nämlich schon seit einiger Zeit immer so an.«

»Wie?«, fragte ich ungeschickterweise.

Lucilla sah mich groß an. »Na, du weißt schon, wie. Wie Jungs einen eben anschauen, wenn sie Interesse haben, sich aber nicht trauen.«

Keine Ahnung, wovon Lucilla sprach, aber ich sagte: »Ach so, ja«, weil ich das Thema nun wirklich nicht vertiefen wollte.

Dann riss mich Lucilla plötzlich zu sich rum und starrte mich an. »Oh mein Gott, Jojo! Das Gedicht!«

Ich erschrak ebenfalls. »Was ist mit dem Gedicht?«

»Wir haben es nicht mehr!«

»Ja, es war ja auch nicht für uns bestimmt, sondern für Freddy!«

»Ja, schon, aber ich muss es doch kennen. Ich habe es doch geschrieben. Ich muss es aufsagen können!«

Nun trat ich einen Schritt zurück und schaute Lucilla ungläubig an: »Meinst du allen Ernstes, Freddy wird dich das Gedicht aufsagen lassen?«

»Na ja, könnte doch sein! Kannst du dich noch daran erinnern? Los, sag es mir noch mal, damit ich es auswendig lernen kann.«

Ich seufzte.

»Äpfel, Nüsse, Mandelkern,
ach, ich hab dich furchtbar gern.
Lebkuchen mit Zuckerguss,
bitte gib mir einen Kuss.
Ein kleines Haus aus Pfefferkuchen,
nach mir musst du nicht lange suchen.
Komm und erfülle meinen Traum,
nach Mathe unterm Weihnachtsbaum.«

Lucilla murmelte nun also das Gedicht vor sich hin und ich

musste ihr jedes Mal helfen, wenn sie stecken blieb.

Nach ein paar Minuten war sie zufrieden. »Gut, ich glaube, es sitzt.«

Sie stellte sich wieder in Positur und schaute angestrengt in die Menge der Schüler, die alle in die Halle strömten.

Dann griff sie erneut meinen Arm. »Wie seh ich aus?«

»Gut. Super.«

»Du hast mich nicht mal angesehen!«

Ich drehte mich zu Lucilla und legte ihr beruhigend die Hand auf die Schulter. »Lucilla, du siehst wirklich gut aus. Du siehst immer gut aus. Das weißt du. Du bist eins der hübschesten Mädchen aus der Klasse.«

Sie strahlte. Dann legte sie ihre Stirn in Falten. »*Eins* der hübschesten?«

»*Das* hübscheste!«

Lucilla nickte und beruhigte sich wieder.

Inzwischen fing sogar ich an, sehnsüchtig auf Freddy zu warten, damit Lucilla Ruhe gab.

Endlich erschien er. Und er hatte seinen Blick auf den Weihnachtsbaum gerichtet, als er langsam die Treppe runterging.

Lucilla krallte sich in meinen

Arm und hauchte: »Oh mein Gott, Jojo, es hat funktioniert! Du bist großartig! Gleich ist es so weit! Oh mein Gott! Sieht er nicht süß aus? Er ist sooo cool. Und wir werden Weihnachten zusammen sein, das ist mein bestes Weihnachtsgeschenk.«

»Kann ich jetzt gehen?«, erkundigte ich mich bei Lucilla.

»Nein, noch nicht! Erst wenn er mich angesprochen hat. Dann gehst du, okay?«

»Okay.«

Freddy kam nun tatsächlich direkt auf den Weihnachtsbaum und auf Lucilla und mich zu.

Lucilla krallte sich schon wieder in meinen Arm und flüsterte: »Schau mal, er lächelt!«

Ich lächelte auch. Ich freute mich für Lucilla. Es war doch ein schönes Gefühl, anderen zu helfen und sie glücklich zu machen.

Freddy stand nun vor uns, grinste und ohne lange Rede nahm er mich in den Arm und küsste mich. MICH!

Toll! Und ich kann Freddy noch nicht mal leiden. Und Lucilla ist sauer und redet nicht mehr mit mir.

Martina Sahler

Wie man sich beim Küssen fühlt

»Lasst uns doch heute mal übers Küssen reden.«

Es ist meine Freundin Wiebke, die an diesem kalten Abend im Dezember das Thema anspricht, während im Kamin das Feuer knistert und in unseren Gläsern der Kandis im heißen Tee knackt. Die Luft ist erfüllt von Rosenkerzenduft und Vanillearoma. Wir haben uns in die Decken eingemummelt und sitzen uns in den drei großen Sesseln, die um die

Feuerstelle in der Villa Wildsee gruppiert sind, gegenüber.

Klar, übers Küssen zu reden finden wir alle spannend, nur – was soll man darüber reden?

»Wie meinst du das jetzt genau?«, frage ich Wiebke nicht uninteressiert, während Vanessa schon die Stirn in Falten legt, um offenbar in ihrer Erinnerung nach eigenen Erfahrungen zu kramen. Dabei dürften die gar nicht allzu lange zurückliegen – Vanessa ist von uns dreien diejenige, die immer darauf aus ist, Typen kennenzulernen und mit ihnen … äh … in näheren Kontakt zu treten. Sie sieht das quasi als eine Art Sport an.

»Na ja, ich meine, wir könnten doch mal vergleichen, wie wir uns so beim Küssen fühlen«, erklärt Wiebke und nippt an ihrem Tee. »Vielleicht entdecken wir ja, dass wir zwar über ein und dasselbe reden, aber etwas ganz anderes meinen.«

Vanessa lacht. »Das glaube ich nicht. Ich denke, es ist bei jedem gleich. Erst guckt man sich tief in die Augen, dann nähert man sich und der eine legt den Kopf links, der andere rechts herum. Dann spitzen beide die Lippen und berühren sich und am Ende geht es zur Sache, bis einem ganz schwindelig wird.«

»Also mir ist noch nie schwindelig geworden«, erwidert Wiebke. »Jedenfalls nicht mit Malte.«

Mit dem Kölner Fußballspieler ist Wiebke richtig fest zusammen, auch wenn die beiden sich aufgrund der Entfernung nicht so oft sehen können.

»Mir wird es eher ganz warm im Bauch. Es ist, als ob man eine kleine Heizung in mir langsam hochdreht, so lange bis es angenehm ist.«

»Schließt du die Augen dabei?«, frage ich sie.

Wiebke nickt. »Ja, immer. Wenn man die Augen schließt, kann man das Gefühl noch mehr genießen, weil man von nichts abgelenkt wird. Man kann sich ganz auf die Berührung konzentrieren und in sich hineinhorchen.«

»Ich schließe nicht immer die Augen«, wirft Vanessa ein, nimmt sich einen der Kekse, die mein Opa zum ersten Advent gebacken hat, und knuspert daran herum. »Manchmal möchte ich auch nicht verpassen, was um mich herum passiert, und manchmal möchte ich sehen, ob uns jemand beobachtet. Dann geht das mit dem Küssen quasi so nebenbei. Ich meine, viel denken muss man dabei doch sowieso nicht, oder? Man bewegt ein bisschen die

Zunge, und das kann man auch, ohne sich groß zu konzentrieren.«

Ich denke inzwischen angestrengt nach. Ich habe noch nicht viel Erfahrung mit dem Küssen, aber ganz unerfahren bin ich auch nicht. Ob Freundschaftsküsse mitzählen?

So richtig geknutscht habe ich bislang eigentlich nur mit diesem süßen Engländer, der mit seiner Schulklasse in unserem Jugendhotel war. Ein Typ zum Verlieben, echt.

»Als David mich geküsst hat, war ich so aufgeregt, dass ich überhaupt nicht wusste, wie ich mich fühle. Ich habe nur gemerkt, wie mein Herz wummerte, und ich hab die ganze Zeit gehofft, dass ich nichts verkehrt mache.«

Vanessa tätschelt meine Schulter. »Armes Hasi. Das wirst du schon noch lernen, Lilly.«

Sie grinst, aber ich ärgere mich über ihre herablassende Art.

»Na, ich werde jedenfalls bestimmt nie gucken, ob mich wohl jemand beobachtet. Das interessiert mich nämlich nicht und auf Show-Küssen hätte ich auch keinen Bock.«

Vanessa zuckt gleichgültig die Schultern. »Wart's mal ab.«

Sie tut gerade so, als könnte ich noch gar nicht mitreden.

»Als David mich geküsst hat, hat sich das irgendwie angefühlt, als sei es noch zu früh«, sage ich nachdenklich. »Richtig vertraut war es dagegen mit Philipp.«

Mit Philipp ist sowieso alles vertraut. Er wohnt im Nachbardorf und ist mein bester Freund, seit ich mit meinem Papa in die Villa Wildsee umgesiedelt bin.

Die beiden starren mich an. »Du hast Philipp schon richtig geküsst, Lilly?«, fragt Wiebke. »Ich dachte, ihr seid nur gute Kumpel.«

Ich spüre, dass meine Wangen heiß werden. »Nee, so richtig geküsst haben wir uns nicht. Es war eher so ein Freundschaftskuss, aber der hat sich viel echter angefühlt als mit David. Komischerweise. Obwohl da nix mit Zunge oder so war. Nur so auf den Mund, ganz sanft, wie ein Streicheln.«

Wiebke lächelt. »Das hört sich schön an«, sagt sie. »Und nach ganz viel Gefühl. Ich glaube sowieso, dass es das Wichtigste ist, dass man ganz viel Gefühl für den Typen hat. Sonst ist alles nur Show oder fremd oder sogar unangenehm. Ich würde zum Beispiel niemals beim Flaschendrehen oder bei Wahrheit oder Pflicht mitmachen. Die Vorstellung, jemanden küssen zu müssen, den ich nicht leiden mag, verursacht mir echt Brechreiz.«

Vanessa lacht. »Ihr macht ja ein Tamtam! Als wäre das wichtig. Es geht doch vor allem darum, so viele Jungs wie möglich zu küssen. Dann weiß man nämlich, wenn der Richtige kommt, ob er überhaupt gut küssen kann. Sonst hat man ja keine Vergleichsmöglichkeit.«

»Dann stellt sich also die wichtige Frage: Was tun, wenn der Richtige kommt und er kann nicht küssen?«, philosophiere ich in den Raum hinein.

»Ist doch klar: Der wird sofort abgeschrieben. Mit Anfängern will zumindest ich nichts zu tun haben«, sagt Vanessa.

»Ich habe eine andere Theorie«, erwidert Wiebke. »Ich glaube, man kann überhaupt nichts verkehrt machen, wenn man sich lieb hat. Es gibt keine Disziplin *Küssen*. Es gibt nur den Wunsch, zärtlich und lieb miteinander zu sein, und es gibt das Show-Küssen, das nichts mit Zuneigung zu tun hat. Eigentlich ist es auch egal, ob es *nur* ein Freundschaftskuss oder ein echter mit allem Drum und Dran ist.«

Und so plätschert dieser Dezemberabend gemütlich dahin. Das Feuer im Kamin verbreitet eine behagliche Atmosphäre, der Teeduft kitzelt in der Nase und unsere Gedanken sind erfüllt von allem, was wir je über das Küssen gehört oder gelesen oder selbst erlebt haben. Am Ende glaube ich trotz Vanessas detaillierter Schilderungen sämtlicher Dinge, die man verkehrt machen kann, dass es überhaupt nichts nützt, sich vorher den Kopf zu zerbrechen. Man sollte alles einfach auf sich zukommen lassen, und – wie meine Mom einmal gesagt hat: Es gibt keine falschen Gefühle.

Man muss sich nur selbst vertrauen.

Sahler, Martina/Ullrich, Hortense/
Zimmermann, Irene:
Kerzen, Kuss & Kandiszucker
ISBN 978 3 522 50145 3

Reihen- und Einbandgestaltung:
Birgit Schössow
Schrift: Stone Serif und Tapeside
Satz: KCS GmbH, Buchholz/Hamburg
Reproduktion: Medienfabrik, Stuttgart
Druck und Bindung: Friedrich Pustet,
Regensburg
Erstveröffentlichung aller Beiträge in
der Anthologie »Freche Mädchen – freche
Adventsgeschichten« 2008

5 4 3 2 1° 09 10 11 12

www.thienemann.de
www.frechemaedchen.de